AF349563

El complejo caso del detective Green

Joan de Jesús Yánez Nuez

ISBN : 978-84-615-3799-0

Depósito Legal: GC 494-2011

Gracias a Manuel, mi profesor de filosofía,
Magali y Miguel y sus hijos.

El cuarto estaba desordenado, como si se tratase de una madriguera habitada por un oso o cualquier otra criatura feroz capaz de resistir el clima tan extremo de la zona.

Era un lunes por la mañana y Violette estaba aturdida y no recordaba nada de lo sucedido la noche anterior, en la fiesta de la mansión de su tío Dunkan. Ésta, sin apenas poder mediar palabra y dominada por la congoja le dijo a su hermano Brandon:

- Es por tu culpa, te dije que no era buena idea venir a la mansión que tiene el tío en el pueblo.

- No era de recibo rechazar la invitación a su fiesta de cumpleaños- le replicó Brandon.

Una vez incorporados y vueltos en sí mismos, caminaron por una antigua galería de grandes dimensiones donde había unos amplios ventanales, situados en frente de la escalera de caracol, desde los cuales resplandecía el tímido sol del alba. A lo lejos, se divisaban las Montañas Rocosas y, justo a la derecha, estaba situado un invernadero lleno de especies endémicas y de otros tantos ejemplares exóticos, propios de otras latitudes más cálidas, como el palo borracho argentino, caracterizado por una clase de espinas que recorren su siempre recto tronco de arriba a abajo.

De repente, se oyó un grito tenebroso y desgarrador, incapaz de pasar desapercibido, localizado en la planta baja de la casa.

- ¿Bajamos? – preguntó indecisa, paralizada y sumamente dominada por el miedo Violette.

-       ¿Para qué? Estoy exhausto y no
quiero malgastar mis fuerzas, seguro
que es alguno de los invitados
armando jaleo para hacerse notar –
contestó Brandon mientras se dirigía
de nuevo a la habitación para
descansar.

Brandon es un chico que el próximo
mes de septiembre cumplirá veinticuatro
años. Acaba de terminar la carrera de
empresariales y es ya el segundo mayor
accionista, después de su tío, de una
reputada empresa de perfumería y
cosmética, regentada por Dunkan.
Compagina su actividad empresarial con una
vida dedicada al deporte, su gran pasión. No
es raro verlo practicando golf, hípica o tenis,
sus actividades favoritas. Algo inseguro y
malcriado en ocasiones, se podría decir que
lo tiene todo a pesar de su corta edad. Una
vida acomodada, una carrera en pleno
desarrollo, una novia bien parecida y dinero
para gastar. Siendo el más joven de los
hermanos, había logrado mucho más que
Violette por su gran olfato en los negocios y,
por qué no decirlo, su impetuosidad.

- Haz lo que te plazca, pero yo voy a bajar a la cocina a desayunar algo – dijo Violette.

- ¡Oh! ¡Dios mío! – exclamó Bob el jardinero, que en ese momento se encontraba en la parte trasera de la casa, colindante al jardín, al invernadero y a la piscina.

Bob es una persona entusiasta por la naturaleza y el medio ambiente aunque es bombero de vocación, sirvió durante al menos treinta años al cuerpo de Los Ángeles, ciudad del cine por excelencia. Se sentía muy a gusto allí pues solía ir en su tiempo libre a las hermosas playas que dan fama al lugar. Sin embargo, la vida laboral del bombero no suele ser muy amplia, pues desde que se tiene una cierta edad y ya no se está en plena forma, no queda otra que abandonar. Gracias a los conocimientos que aprendió de su abuelo cuando era más joven decidió ir a probar suerte a Ruslake, donde conoció a Dunkan por casualidad. Se encontraban los dos en el mercado, Bob intentado encontrar un trabajo que no requiriera especial formación para poder salir adelante y el viejo en busca del ramo perfecto. Éste quería sorprender a Margueritte, su esposa, con el mejor ramo de flores que pudiera encontrar, pues celebraban su vigésimo tercer aniversario y no había cosa que más la entusiasmara que lo que la naturaleza le brindaba. Viendo que Dunkan estaba dubitativo, Bob se acercó y se presentó, acto seguido le sugirió lo mejor del puesto de flores así como las indicaciones que debía seguir para que aguantaran más tiempo vivas. Fue así como el viejo se dio cuenta de que necesitaba un jardinero en casa para que ayudara Margueritte con el jardín de la mansión.

Violette se aproximó con impetuosidad hacia donde estaba el jardinero y contempló a su tío Dunkan tumbado en el suelo.

- ¡Oh! ¡Dios santo! ¿Pero qué ha sucedido? - interpeló Violette.

- Eh... esto... yo, yo...- Yo me lo acabo de encontrar en el suelo cuando regresaba de cortar el césped – dijo Bob cogiendo una lenta pero profunda bocanada de aire.

- Pero, ¿qué diantres es esto? ¿Qué sucede? –dijeron el cocinero Steve, el mayordomo Rodríguez y la señora de la limpieza a la misma vez. Ellos, ejemplares y fieles trabajadores, se encontraban realizando sus tareas diarias; Steve cocinando, ayudado por el mayordomo en los preparativos del desayuno y la señora Carroll quitando el polvo con la aspiradora a la elegante y roja alfombra que recorre la casa, desde la puerta de entrada hasta la buhardilla, pasando previamente por las habitaciones de la segunda planta.

- ¡Tío! – exclamó Violette acercándose a su tío muy afectada para prestarle ayuda.

- ¡Alto! ¡Ni se le ocurra tocarlo!- exclamó Bob. No lo puede tocar, una de las nociones básicas que me enseñaron en el cuerpo de bomberos es no tocar el cadáver para no alterar la escena ni los instrumentos del crimen- dijo agarrándola.

- Era muy buena persona – murmuró Rodríguez cohibido por el suceso.

- Siempre nos trató amablemente – susurró la señora Carroll.

- Voy a llamar a la policía – dijo Bob.

Violette se dispuso a subir las escaleras entre suspiros y sollozos para avisar a su hermano Brandon, que se había quedado a descansar en su recámara, desde donde se veía el pueblo vecino, vestido con fachadas góticas, donde los vehículos no podían circular ya que era exclusivamente peatonal. Es más, cuando llegaron a la mansión tuvieron que hacerlo a pie, algo que no hizo mucha gracia a Violette, acostumbrada a las comodidades de vivir en una gran ciudad.

- ¡Brandon, ha pasado algo horroroso ahí abajo! – exclamó Violette.

- ¿De qué se trata?

- El tío Dunkan ha muerto

- ¿Qué? ¿Cómo? ¡Santo cielo! ¿Cuál fue la causa del fallecimiento?

-   Aún se desconoce. La policía está de camino.

Al cabo de recibir la fatídica noticia, Brandon se quitó el pijama y se vistió con lo primero que encontró, se lavó la cara con agua fría y jabón con extracto de coco y bajó con su hermana.

Violette es una mujer de treinta y dos años, de formas correctas, natural de Portland. Tiene una relación de pareja estable con Johnson y tres hijos; Catherine, Megan y el más pequeño George. No obstante, los hijos no los tuvo con su actual pareja sino con su ex marido Francis. Junto con su hermano, pertenece a una familia acomodada que ha estado asentada a lo largo y ancho de la costa oeste. Su vida ha sido muy precoz, pues desde que cumplió la mayoría de edad aprovechó el tiempo y su estupenda situación. Se graduó con matrícula de honor en derecho y, como no, decidió unirse a la empresa familiar. Durante sus años en la universidad conoció a su ex marido, con el que se casó poco después de terminar de estudiar. Parecían una pareja ejemplar, sin embargo, sólo ella sabía que lo suyo no podía funcionar.

Francis se había centrado demasiado en su trabajo como ejecutivo en una gran empresa y había dejado a un lado su vida familiar.

- ¡Violette, Brandon, venid! – exclamó Bob.

- Os esperamos en el salón – dijo el cocinero.

- Ya era hora, por fin bajáis – dijo Bob.

- ¿Qué estabais haciendo? – preguntó inquisitivamente el mayordomo.

- Tardamos en llegar debido al impacto tan grande que sufrió mi hermano tras enterarse de lo acontecido – afirmó Violette.

- Pero, ¿ya se encuentra mejor? – preguntó la limpiadora.

  Sí, efectivamente. Ya está algo más calmado – contestó Violette. ¡Ah! Se me olvidaba que iba a llamar a Johnson. Lo haré desde la pequeña ventana que tiene la buhardilla, así conseguiré mayor cobertura para que no se me corte la comunicación.

- No te va a resultar nada fácil puesto que el repetidor más cercano está en el pueblo vecino, situado a unos cuatro kilómetros colina abajo y que permanece inactivo desde el año pasado, cuando un relámpago lo calcinó al caer muy próximo a él – dijo el cocinero Steve.

- De todas formas, por intentarlo no pierde nada – afirmó la señora Carroll, que en ese momento estaba sentada en el elegante sofá rojo con los demás.

- ¿Tu me acompañas, hermano?

- De acuerdo – contestó Brandon.

- Pero antes, a pesar de no tener mucho apetito, prefiero tomar algo, ya que llevamos bastante tiempo despiertos y aún no hemos desayunado – dijo Violette.

- Te preparé algo – dijo Steve.

- Yo también quiero comer – dijo Brandon

- ¿Se tomarán un café con nosotros, no? – preguntó amablemente

Violette dirigiéndose a la señora Carroll, a Bob y a Rodríguez.

- Entonces haré un desayuno en común para todos. Si son tan amables pueden ir tomando asiento en el comedor.

Una amplia mesa perfectamente arreglada presidía el comedor, un lugar que había sido testigo de numerosos banquetes y reuniones familiares durante años. Llamaba la atención lo cuidados que estaban los detalles: el centro de flores frescas, las copas y cubiertos perfectamente ordenados... Si bien es cierto que Carroll y Rodríguez siempre han sido unos empleados muy eficientes. El viejo Dunkan solía confesar que sin su ayuda no podría vivir tan bien en esa mansión. Y es que, al fin y al cabo, con quien más pasaba el tiempo era con el servicio, que se había convertido en su familia, después de que su esposa falleciera en aquel fatídico accidente de tráfico de 1995.

Medio dormidos y algo apesadumbrados iban sentándose Violette y

Brandon. Justo después les seguían Bob, la señora Carroll y Rodríguez, algo incómodos con la situación pues, a pesar de que Dunkan los quería como a su familia, no tenían la misma confianza con sus sobrinos.

- Aquí tienen sus respectivas porciones de tarta elaborada con una exquisita leche de vaca de Idaho – dijo Steve.

- Con razón nos resultaba un tanto familiar el sabor. Se debe a que Idaho es uno de los mayores productores de leche que abastecen nuestra ciudad: Portland – afirmó Violette.

Tímidamente iban saboreando el pastel de Steve, que casi les hacía olvidar qué hacían allí y qué había sucedido. Sólo el ruido del café a medio hacer parecía hacer acto de presencia en el comedor.

- Steve, a mi parecer hace ya un buen rato que el café está listo, ¿no crees? – dijo Brandon al oír el chirriar de la cafetera una y otra vez.

- Disculpe que le lleve la contraria, señor, pero es que se trata de un café muy especial. En concreto, procede de Indonesia y es obtenido a partir de los excrementos de un animal llamado civeta, por lo que necesita más tiempo de preparación que un café común.

- Debe tener un sabor muy fuerte – dijo Brandon asqueado.

- Era el favorito de su difunto tío- replicó el cocinero.

- Entre otras cosas, mi tío se ha caracterizado por sus gustos culinarios. Por no mencionar su gran generosidad con los más desfavorecidos y con el prójimo en general. Era muy religioso, le encantaba participar en obras benéficas y, por supuesto, si tenías algún tipo de problema hacía todo lo que estaba en sus manos para ayudarte, como si hacía falta remover cielo y tierra, coloquialmente hablando – afirmó Brandon con un notable tono de aflicción, al tener presente el recuerdo de su tío.

- No lo dudo. Con el debido permiso de los señores, si no desean nada más, me retiro – dijo el mayordomo.

- Puede irse Rodríguez, en el caso de necesitar algo más se lo haremos saber – aclaró cordialmente Violette.

- ¿Adónde vas? – interpeló Bob.

- ¡Un momento a mi habitación!

- En estas circunstancias es mejor ir acompañado a cualquier parte y, sobre todo, no abandonar el domicilio en la medida de lo posible. ¡Iré con usted! – exclamó insistiendo el jardinero.

Bob sacó del bolsillo de su mono verde una caja. Iba así vestido prácticamente todo el día puesto que cuando no estaba cortando el césped, como el escalofriante día de hoy, se dedica a podar, pinzar, defoliar y, en pocas ocasiones, regar los árboles, plantas y flores. Más bien hace esto último en verano, ya que los inviernos son muy fríos, con abundantes precipitaciones en forma de nieve y alguna escasa llovizna o chubasco.

En la pequeña caja había dos puros habanos. Extrajo uno de ellos y, con suma elegancia, lo encendió y dio unas cuantas bocanadas mientras subían las blancas escaleras de caracol hasta llegar a la habitación del mayordomo.

Bob se paralizó y sintió cómo recorría por su cuerpo una extraña sensación al oír caer un objeto envuelto en una llamativa funda amarilla, con una bandera estadounidense, debajo de la cual aparecía una inscripción cosida que decía lo siguiente: *I want you for the US Army*.

- No sabíamos que fuiste soldado, ¿se puede saber a qué debemos tanto secretismo? – preguntó Bob.

- No es de tu incumbencia. Ahora que estás enterado, si tuvieras un mínimo de educación, deberías tratarme con más respeto porque fui sargento de infantería de la brigada número doce de este país. Serví durante más de dieciséis años, de los cuales los cinco últimos estuve destinado en España, concretamente, en una isla llamada

La Palma, perteneciente al archipiélago canario.

- Perdona pero, geográficamente hablando, ¿dónde se encuentra exactamente ese conjunto de islas? – le preguntó el ex bombero con gran interés.

- La isla de Lanzarote es la más cercana a Marruecos, en el continente africano. Tan sólo están separados por noventa y cinco kilómetros de mar. La isla en la que estuve estaba situada más lejos, en la parte occidental. Las llaman las islas afortunadas por su buen clima. Están influenciadas por los vientos alisios, que soplan desde el norte, lo que les hace tener un clima cálido y suave. Además, están dentro de la zona horaria del meridiano de Greenwich, en el Reino Unido. La última vez que estuve en La Palma fue el mes pasado, cuando visité a unos amigos del regimiento.

Una vez en la habitación, que se encontraba entre la de Carroll y la de Bob, Rodríguez se recostó en su cama. Mientras tanto, el jardinero se sentó en el muro de la ventana, desde la cual se veía de soslayo una montaña parcialmente nevada. El sol, situado a la derecha de la elevación, resplandecía ahora con mayor intensidad.

- La desgracia se ha cebado con esta familia. Primero, la señora Margueritte, que se encontraba en un momento clave en su carrera como diseñadora de ropa cuando tuvo aquel accidente de tráfico. Todavía recuerdo aquel veinte de noviembre como si fuera hoy. Doña Margueritte estaba especialmente contenta porque iba a lanzar su nueva colección en la pasarela de Nueva York y en aquel momento se dirigía a su taller para ultimar detalles. Y, ahora, lo que ha pasado con el señor Dunkan. Se me pone un nudo en la garganta sólo de pensarlo – afirmó el mayordomo Rodríguez.

- La verdad es que a mi se me ponen los pelos de punta. No obstante, yo conocía menos a la señora que tú, ya que tú llevas más tiempo trabajando al servicio del señor Dunkan y su mujer – dijo Bob.

- Así es, yo soy el más veterano, después de mi llegó Steve, luego la señora Carroll y, por último, tú – dijo él con énfasis, recalcando la importancia de sus servicios para el matrimonio.

- ¿Cuál es tu opinión con respecto al señor Dunkan?

- ¿A qué te refieres Rodríguez? ¿A la tragedia de hoy?

- Exacto.

- Me parece una barbaridad. No sé que tendrán en contra de él para asesinarlo. Bueno, esto último que he dicho son solamente suposiciones, lo más probable es que haya sido una muerte natural, puesto que si hubiera sido un asesinato, alguien hubiese visto huir al culpable – dijo Bob.

- Es verdad, tienes razón – añadió el mayordomo.

Más tarde, cuando regresaron al comedor, se vio interrumpida la conversación que estaba teniendo lugar en aquel momento, por lo que preguntaron a los demás de qué hablaban. Estos contestaron que del terrible suceso, pues todo el mundo se preguntaba qué habría sucedido.

Bob y Rodríguez Se sentaron y hubo unos minutos de silencio. Acto seguido, Violette se dirigió a la buhardilla para hablar con Jonhson. Mientras subía las escaleras, recordó el horroroso grito que había oído antes, en la planta baja, cuando su hermano pensaba que era alboroto de la fiesta de la pasada noche, que había durado hasta entrada la madrugada.

La buhardilla era la estancia preferida de la casa del difunto, era el lugar en el que solía escuchar música y leer novelas de aventuras para desconectar del mundo. Como toda buhardilla, recibía la luz natural gracias a una pequeña ventana. Debajo de ésta, había una librería del siglo dieciocho y, justo en frente, una mecedora y un telescopio a la izquierda para observar las estrellas en las noches despejadas.

- Hola cariño – dijo Violette.

- Hola amor mío, buenos días, ¿dónde estás?

- De eso precisamente quería hablar contigo. Aquí las cosas no marchan bien.

- ¿Qué te ocurre?

- A mi nada, se trata del tío Dunkan. El jardinero se lo encontró muerto, tendido en el suelo, en el límite del patio trasero con el jardín.

- ¿Cómo? ¿Pero qué ha pasado? No puedo creerlo. Fuiste allí a celebrar su cumpleaños...

- Es cierto. No sabemos qué pudo pasar. La noticia nos cogió a todos por sorpresa.

- Y, ¿cómo estás? ¿cómo te sientes?

- Triste y desconcertada. El estar tú ausente en estos momentos me hace sentir más débil. Esta es una situación difícil para mí. También echo mucho de menos a los pequeños. Me pregunto cómo estarán ahora.

- No te preocupes, cariño, verás que todo se resolverá pronto y regresarás a casa. Por los niños no te preocupes, siguen en el campamento del lago – dijo Johnson con un tono tranquilizador.

- ¡Oh Jonhson! Tus palabras me reconfortan. Voy a tener que dejarte porque a través de la ventana estoy viendo que alguien llega y parece venir hacia la mansión.

- Está bien, llama desde que tengas nuevas noticias. Te quiero.

- Y yo a ti – contestó Violette entre suspiros.

Al abrir la puerta, el mayordomo pudo observar que la persona que estaba ante él y que previamente había tocado a la puerta era el esperado detective. Un hombre barrigudo y viejo, que llevaba una indumentaria elegante. Su piel era de un tono algo tostado por el sol y su rostro parecía castigado, pero lo que más destacaba de él eran sus ojos despiertos y su mirada intensa.

- Buenos días, soy el detective McArthur, de la policía del Distrito. Hemos recibido una notificación de fallecimiento hace unas horas.

- Adelante inspector – dijo el mayordomo.

- Tengo conocimiento de que al señor se lo encontró el jardinero en el suelo.

- Así es.

- Me gustaría, antes de ver al fallecido, entrevistarme con el jardinero, ya que el hecho de haber encontrado el cadáver el primero lo convierte en el principal sospechoso.

- Siga todo recto y a la derecha está el comedor, allí podrá encontrar a Bob y a los demás.

Mientras tanto, en el comedor, todos estaban expectantes pues suponían que la persona que acababa de llegar vendría del departamento de la policía.

- Buenos días, soy el detective McArthur, quisiera hablar con jardinero de la casa, por favor.

- Soy yo – dijo Bob algo sorprendido.

- Dejadnos a solas pues es a él a quien interrogaré primero. Ruego que permanezcan en el salón todos juntos hasta nuevo aviso.

- Bien, sé que fue usted quien encontró al señor Dunkan, ¿cuándo fue eso?

- A las ocho menos cuarto de esta mañana.

- ¿Qué estaba haciendo antes?

- Las tareas diarias. Hoy estaba cortando el césped. Comencé por la parte del jardín en la que está el trastero, con las herramientas de jardinería. Más tarde, regresé para ir a beber agua a la cocina y fue entonces cuando lo vi.

- ¿Alguien podría corroborar que usted estaba ciertamente realizando dicha labor?

- No, a esas horas de la mañana todo el mundo está durmiendo. Soy el único que lo está porque padezco insomnio y acostumbro a levantarme muy temprano.

- ¿Pudo observar alguna anomalía momentos antes del suceso? ¿quizás alguien se comportaba de forma atípica? ¿vio a alguien en los alrededores de la casa? – interrogó el detective.

- No, nada fuera de lo normal. En cuanto a si alguien se comportaba de forma atípica, le reitero que todo el mundo dormía. Como podrá usted comprobar, la casa posee unos altos muros, por lo que resulta difícil percatarse de la presencia de un extraño al otro lado de estos.

- Dígame, ¿ha trabajado siempre en esta casa al servicio de Dunkan?

- No, antes trabajaba como bombero.

- Bueno, pues con más razón sabrá usted que debe cooperar y facilitarnos cualquier tipo de información para esclarecer los hechos – dijo por último el inspector.

Acto seguido, McArthur, acompañado por Bob se dirigió a la escena del crimen. Fue caminando sobre la alfombra roja que había sido acabada de limpiar aquella mañana y fue fijándose detenidamente en los decorados que se disponían a lo largo de las paredes del pasillo, adornadas con antiguos candelabros y bellos cuadros de Rembrandt. Antes de llegar al patio, ubicado al fondo, el inspector se detuvo en el salón e hizo especial hincapié en que le siguieran todos. Una vez allí, se sentaron a la sombra del toldo verde, excepto él, que se aproximó al cadáver para examinarlo.

- Resulta curioso, no hay ningún tipo de herida provocada por arma. Esto no se ve ni en las novelas policíacas donde la gente suele ser asesinada por el impacto de una bala. Sin duda alguna, se trata de una muerte por asfixia. La disposición de las manos y piernas indica que hubo forcejeo por parte de la víctima y del ejecutor. Éste lo tiró al suelo, lo redujo y finalmente usó una almohada o toalla para restringirle la entrada de oxígeno y la salida de dióxido de carbono a través de las vías respiratorias. De ahí que tenga la boca abierta y la lengua fuera de ella –dijo el inspector mientras caminaba alrededor del cuerpo fijándose en cada detalle.

A pesar de ser evidente que se trataba de una muerte por asfixia, McArthur, como buen detective que es, continuó con sus pesquisas, pues aún faltaba por averiguar quien había sido el autor del crimen. Empezó a contar los pasos que distaban del cuerpo a la puerta del patio, luego los que separaban el cuerpo del trastero del jardinero y finalmente los pasos hasta la pared de la casa donde estaban la ventana que daba a las habitación del mayordomo.

- Siento tener que decirlo Bob... – dijo Rodríguez rompiendo el silencio.

- ¿Decir qué? ¿Qué oculta Bob? – preguntó el detective.

- Nada – contestó el jardinero.

- Yo precisamente no diría que nada... – volvió a decir el mayordomo.

- Debido a su reticencia en el interrogatorio – dijo McArthur mirando a Bob- no me queda otra opción más que escuchar su testimonio, señor Rodríguez. Si es tan amable ya puede comenzar, soy todo oídos...

- Todo ocurrió hace aproximadamente dos semanas, cuando Bob tuvo una fuerte discusión con el señor Dunkan debido a un retraso en el pago mensual que él esperaba con ansia, ya que con ese dinero iría a Boston a visitar a su hermano, único pariente que le queda aún – dijo el mayordomo.

- A medida que va transcurriendo la investigación voy encontrando más motivos y pruebas que le apuntan como culpable Bob, ¿no le parece extraño haber tenido una discusión con el difunto hace poco tiempo y haber encontrado usted el cuerpo?

- A mi no me parece extraño por la sencilla razón de que yo no fui quien lo mató, se trata de una simple coincidencia – contestó impotente y algo alterado el jardinero.

- Será una coincidencia, pero es comprometedora – dijo el sobrino Brandon.

- Hablando de coincidencias... Tengo entendido que usted, Brandon, es el segundo mayor accionista de una productiva empresa de cosmética que regentaba su tío, por lo que también tendría motivos de peso para acabar con la vida de su tío, pues pasaría automáticamente a ser el accionista mayoritario, ¿no es cierto? – preguntó el detective.

- Eso es absurdo, no tiene ninguna prueba de lo que dice – contestó Brandon algo nervioso.

- No se altere Brandon, es solamente una hipótesis y en las investigaciones hay que barajarlas todas. Ahora bien, me gustaría hacerle unas cuantas preguntas más en privado –dijo McArthur dirigiéndose al salón con Brandon.

Violette estaba tan sorprendida que no pudo ni siquiera articular palabra. Su hermano, ¿un asesino? Rechazaba totalmente esa idea. Sabía que Brandon era ambicioso y competitivo pero no era capaz de matar ni una mosca. Quería a Dunkan y decía que trabajar con él era muy enriquecedor. Ambos estaban muy cómodos trabajando juntos.

- ¿Desde cuándo trabajaban usted y su tío juntos en el negocio? Preguntó el detective.

- Desde hace solamente unos meses porque acabo de terminar mi carrera de empresariales.

- Entonces, ¿quién era la mano derecha en los negocios de su tío antes?

- El señor Dubois.

- Dubois, ¿de qué me suena ese apellido...? Ah sí, seguro que es de nacionalidad francesa o de alguna colonia perteneciente a Francia, ¿me equivoco?

- No, está en lo cierto. Dubois es de origen parisino. Con mi llegada y posterior sustitución en su puesto de trabajo, regresó a su país.

- ¿Se llevaban bien él y Dunkan?

- No lo sé porque no conozco con exactitud el tipo de relación que tenían pero supongo que no tan bien como se pensaba ya que me ofreció a mi el puesto que ocupó durante casi diez años.

- Confiéselo, Brandon, sé que usted lo asesinó. Es más, sospecho más de usted que de el jardinero ya que si este lo hubiera querido hacer ya lo habría hecho antes, no hubiera esperado tanto tiempo. ¿Con qué fines, a parte de quedarse con la empresa, lo hizo? ¿Lo asfixió usted solo o pertenece a alguna célula? Es muy astuto, aprovechó a que todos estuvieran exhaustos y dormidos después de la fiesta, entonces usted lo sacó de la cama argumentando algún problema o, simplemente, para hablar de alguna cuestión importante, se dirigieron al patio y allí lo ejecutó – dijo el detective sin dejar que Brandon pudiera contradecirle.

-   ¡Ya basta! ¡Es suficiente! Con todo el respeto hacia su persona, tengo que decirle que todo lo que dice resulta grotesco e insensato. Es usted un charlatán que no saber hacer bien su trabajo, bueno, ni siquiera lo hace. Y eso que le dijeron a Bob que nos iban a enviar al mejor detective del distrito... En resumidas cuentas, usted deja mucho que desear como persona y como profesional así que no me queda más remedio que llamar a un buen detective privado – contestó Brandon harto de injurias y calumnias y se dirigió al despacho de su tío para llamarlo desde el teléfono fijo que había allí.

El despacho estaba situado al final de la galería, justo en el extremo opuesto a la habitación dónde habían pasado la noche sus sobrinos. Al entrar, se aprecia la calidad y elegancia que tiene la mesa, elaborada con madera de secuoya de la zona. Detrás, en una librería con escalera para alcanzar los libros que estaban más altos: los de ciencias y geografía; abajo, los de negocios y economía, más a mano. El joven sacó unas tarjetas de su cartera de piel de cocodrilo y buscó la que un amigo de la facultad le había facilitado una vez con el número y nombre del famoso detective privado Green.

- Hola, buenos días, aquí el detective Green, ¿en qué puedo ayudarle? – contestó al teléfono el reputado detective.

- Menos mal que me contesta, ésta es la cuarta vez que lo intento. Es de vital importancia que venga a la mansión del pueblo Ruslake. Pregunte a los vecinos dónde queda, no le resultará difícil encontrarla ya que es la única de la localidad – dijo Brandon con ansiedad.

- Cálmese, ¿qué problema tiene?

- Se trata de mi tío, que ha sido asesinado esta mañana. Lo han asfixiado y el inspector de la policía da pasos en falso, no ha parado de increparme y la situación no tiene pinta de mejorar. Temo que saque conclusiones erróneas.

- Bien, de acuerdo, cogeré el próximo tren de las once y llegaré aproximadamente en dos horas.

- Muchas gracias por venir, le estamos esperando – contestó Brandon algo más aliviado.

Mientras tanto, McArthur interrogaba a la señora Carroll en otra estancia.

- Aprovechó mientras los demás dormían y el jardinero cortaba el césped... ¿verdad que lo mató con un trapo de la limpieza y después se puso a pasar la aspiradora a la alfombra para así pasar inadvertida? – inquirió McArthur.

- No es cierto – contestó ella.

- Sí, claro. Eso que me acaba de decir es lo que dicen todos – replicó él.

Ojeando y mirando entre las cosas, Brandon se detuvo en los cajones del elegante escritorio. El primer cajón estaba repleto de facturas y documentación relacionada con la mansión. Abrió el segundo y encontró un gran tesoro: un álbum de fotos, algo que le llevaría en un viaje al pasado. Se sentó en la silla de confortable y alto respaldo y lo abrió. En la primera página; unas fotos suyas con su hermana Violette en las últimas navidades. Sin duda alguna, su tío los quería mucho pues eran ellos los primeros que aparecían en su colección de recuerdos. Pasó la página con curiosidad por ver las siguientes fotos. Las primeras estaban en blanco y negro, pues a pesar de existir por ese entonces en color, Dunkan le tenía cariño a una antigua cámara que guardaba como una reliquia.

En aquella época, Brandon aún tenía cuatro años y su hermana unos más. Fue cuando él y Violette quedaron huérfanos de padre, por lo que Dunkan, su hermano mayor, conjuntamente con la madre de sus sobrinos, se hizo cargo de ellos siendo como un padre. Al principio estaban un poco cohibidos por la ausencia de su padre pero luego, con el paso del tiempo, se ganaron un hueco en el corazón de Dunkan. Cada año, por el aniversario de fallecimiento de su padre, van todos al cementerio a ponerle tulipanes y anturios, sus flores favoritas. Cuando llegan esas fechas, los recuerdos llenan sus pensamientos y vuelve a florecer en ellos el sentimiento de la tristeza, pero al menos su tío estaba a su lado apoyándolos. Además, se podría decir que gracias al afecto de éste pudieron evitar una traumática infancia. Se pasaban todo el verano y las demás vacaciones escolares en la mansión. Cuando Violette se casó con George, su actual ex marido, su tío ejerció de padrino de boda.

Volvió a pasar página, esperando con ansia otras fotos que le hicieran recordar su historia. Absorto con su tesoro, había olvidado por un momento el triste suceso de aquel día. Las siguientes fotos, más en el interior, ya eran en color. En ellas quedaba constancia de sus pasos por la adolescencia. Brandon siempre fue un chico aplicado, al que le costaba poco estudiar, por lo que le quedaba mucho tiempo libre para practicar deportes, incluso en invierno, pues en el pueblo había una pista de ski. Una vez quedó tercero en la categoría de cadete a nivel nacional en snowboard, su deporte preferido. Violette era el polo opuesto a su hermano. A pesar de mostrar interés y dedicación a los estudios, no tenía la facilidad de Brandon y adquiría con menos rapidez el conocimiento. Dunkan siempre animaba a sus sobrinos a estudiar y les repetía que el saber no ocupaba lugar. Él lo sabía bien. Procedente de una familia humilde, no siempre vivió cómodamente y sin preocupaciones. Desde que era un crío hasta su juventud iba todos los días al monte a llevar el rebaño de cabras a pastar. De ahí que solamente asistiera a la escuela primaria, tiempo escaso, pero suficiente en su opinión para saber leer y escribir perfectamente. A la edad de dieciocho años, su madre le dio unos ahorros, con los que adquirió a duras penas un set de limpieza de calzado totalmente equipado y se lanzó a la calle a trabajar. Trabajó y vivió en la ciudad durante muchos años pero al estar limitado por sus insuficientes ingresos, no le quedó otra opción que dormir en un albergue social, servicio por el que pagaba un dólar por noche. Su suerte cambió cuando un día, limpiando los zapatos de un importante empresario, le manchó el calcetín y el pantalón con betún debido a un mal movimiento. El cliente entró en cólera desacreditándole. Dunkan se justificó afirmando que no lo había hecho con maldad, que carecía de recursos y, por supuesto, se disculpó. El empresario, al percatarse de la situación tan precaria en la que vivía, le ofreció un puesto de trabajo como hombre recadero en su empresa. Desde entonces, fue ascendiendo de puesto poco a poco hasta conseguir los fondos necesarios para fundar su propio negocio.

Brandon continuó viendo el álbum que tantos recuerdos le había traído. Cuando llegó al final, suspiró profundamente y lo guardó cuidadosamente. Luego, se dirigió hacia el salón para contarle a su hermana las nuevas noticias.

- He llamado a un detective privado – anunció Brandon con un tono esperanzador.

- ¿Para qué otro si ya el estado nos proporciona uno? Es una pérdida de tiempo y dinero – contestó Rodríguez.

- Por una parte, no es de su incumbencia cuánto cuesten sus servicios, ya que usted no los costea, sino yo. Por otra parte, una pérdida de tiempo es cómo lleva el caso este señor – replicó Brandon.

- Es verdad, Rodríguez. No ha parado de acusarnos a la mayoría desde que llegó y, encima, exento de pruebas – dijeron el jardinero y la señora Carroll casi al mismo tiempo.

- En cuestión de unas horas estará por aquí – dijo Brandon.

- ¿Por qué no resuelve usted mismo el caso, que se las da de listo? No es tan sencillo, es complejo. Cada cosa a su debido momento – dijo el inspector.

- Propongo que demos una vuelta por el invernadero para enseñarles las flores y, de paso, calmar un poco los ánimos – sugirió Bob.

Todos asintieron con la cabeza, excepto Brandon, que se quedó sentado pensando.

- Tengan cuidado de no resbalar, que el suelo está embarrado de las lluvias de días anteriores. Como podrán apreciar, el aire que se respira aquí dentro es bastante más cálido que el del exterior. Eso se debe a que las plantas que cultivo requieren mayor temperatura y humedad – explicó el jardinero.

Les fue mostrando los rosales, los claveles chinos y, a la misma vez, les comentaba la frecuencia del riego y abonado de cada especie, así como sus métodos de reproducción.

De repente, Brandon se dirigió velozmente hacia la puerta principal al oír tintinear el timbre.

- ¿Quién es? – preguntó Brandon.

- El detective Green – contestó el hombre.

- ¿Qué? ¿Es usted el detective Green? – preguntó estupefacto.

- Sí, ¿por qué lo pregunta?

- No, no, por nada en especial. Pase, por favor. Yo soy Brandon, quien lo llamó. Es un placer conocerle – contestó Brandon aún sorprendido al ver la vestimenta del detective.

Green es un detective que no se conforma con nada, ni siquiera con ser de los mejores del país, el quiere ser el número uno. No le agrada su aspecto, por eso no se arregla ni el pelo. Es más, siempre va vestido de manera informal aunque acuda a un evento importante. Está en la edad en la que la juventud ya se ha ido pero aún no puede considerarse viejo. Siempre ha trabajado por su cuenta, ya que nunca está de acuerdo con las normas que se le imponen.

- El inspector de policía que lleva el caso se encuentra en el invernadero con los demás – dijo Brandon.

- Y, ¿cómo dice que se llama ese inspector?

- McArthur.

- Pues creo que no lo conozco.

- ¡Sígame por aquí y se lo presentaré!

- No, no, eso será después. Primero quiero ver las dependencias de la casa, así podré ir adelantando trabajo. Muéstreme el camino, por favor.

Brandon lo fue orientando explicándole brevemente la disposición de las estancias de la mansión. Después de subir por la elegante escalera de caracol, fueron primero a las habitaciones donde habían dormido él y Violette, ubicadas al final de la galería, a mano derecha. Luego, se dirigieron a la de Dunkan, que se hallaba en el extremo opuesto a la de ellos. De camino, pasaron por las habitaciones del servicio y, en último lugar, el despacho y la buhardilla.

Cuando Green y Brandon regresaban, McArthur y los demás también lo hacían.

- Detective Green, le presento al inspector del distrito que lleva el caso, el señor McArthur.

- Buenas tardes. Lo saludo por educación porque no es de mi agrado la presencia de otro detective en esta investigación – contestó McArthur estrechándole la mano de mala gana.

- No se preocupe que no voy a interferir en sus pesquisas, solamente haré una investigación paralela a la suya ya que he sido contratado para eso – contestó Green menos amable que al principio al ver la reacción de McArthur.

- A todo esto, ya es la una y media, vayan tomando asiento en el comedor que voy a servir el almuerzo – dijo el cocinero para aliviar la tensión del momento. Luego, se dirigió a la cocina.

Steve se alegró de haber cocinado de más el día anterior, con motivo de la fiesta, pues ahora se valdría de la comida que había sobrado para salir del paso. No esperaba que hubiera tanta gente a la mesa hoy y no había tenido tiempo durante la mañana de preparar un suculento menú. Se dispuso a servir la comida acompañada de un modesto vino de la bodega de Dunkan. Una cesta llena de frutas sería el postre de este día.

- ¿Quién se lo encontró? – preguntó Green mientras troceaba una manzana.

- Bob, el jardinero. Afirma que lo halló tendido en el suelo – contestó McArthur.

- ¿Nadie oyó nada?

- No, en absoluto. Todos parecen tener un sueño bastante profundo, excepto el jardinero, que estaba cortando el césped antes del suceso. Bueno, al parecer la señora Carroll estaba despierta. Unos instantes después de empezar a limpiar vio al jardinero moviéndose impetuosamente, entonces se acercó, gritó del susto y los demás acudieron al oírlo.

- ¿Qué más ha sacado en claro?

- Que el señor Brandon podría tener motivos para eliminarlo, ya que era el segundo mayor accionista de la empresa de su tío. Y también es sospechosa la señora de la limpieza, ya que al morir por asfixia tengo la impresión de que lo asesinó con un paño de limpieza. Aunque está claro que Dunkan era más fuerte que ella, por lo que podría tener al menos un cómplice.

- ¿Ve lo que le digo, detective Green? Ya está otra vez inculpándonos a todos sin pruebas... – replicó Brandon.

- Con permiso, me retiro. Ya he terminado. Son ya las dos y media, hay que ver cómo pasa el tiempo... – dijo Green dirigiéndose a la escena del crimen.

- Fue asesinado aproximadamente – calculó Green mirando su reloj – hace siete horas por lo que no pudo haber sido ninguno de los invitados de la fiesta, ya que abandonaron la casa – según me ha dicho Brandon – a las cuatro de la madrugada. Así que el asesino tiene que ser una de las personas que están presentes hoy en la casa – dijo Green hablando para sí mismo.

Sacó de su maletín de cuero una cámara de fotos profesional y comenzó a fotografiar la escena del crimen. A continuación, rodó el cuerpo y sacó unas pequeñas bolsas de plástico para recoger muestras. Había encontrado, ni más ni menos que una hoja de árbol, oculta entre el verde césped. Regresó a la cocina y anunció que iba a contrastar sus investigaciones en otra parte.

- Después decía usted, Brandon, que yo no iba por buen camino, cuando este detective que contrató no sabe contrastar las pistas in situ, y eso suponiendo que haya averiguado algo más que yo, que a mi parecer... Dijo McArthur jactándose de las habilidades detectivescas de Green.

Green regresó pensativo al pueblo. Tomó un taxi a las afueras y le pidió al conductor que lo llevara de vuelta a la ciudad. Una vez recorrida la carretera comarcal y la autopista, se avistaban los gigantescos rascacielos. Las calles, de todo menos sucias, estaban abarrotadas de gente comprando en las prestigiosas boutiques de ropa o, simplemente, dando un paseo bajo la sombra que proyectan los colosales edificios al incidir el sol sobre ellos.

- ¡Detenga el coche! – exclamó Green.

- Son noventa dólares – dijo el taxista.

- Aquí tiene – dijo el detective entregándole un billete de cien dólares.

- ¡Oiga! su cambio, le sobran diez dólares.

- No importa, quédeselos, tengo prisa.

- ¡Hay que ver! La gente hoy en día no sabe valorar el dinero – dijo el taxista ignorando que Green manejaba mucho dinero al ser uno de los mejores detectives de Estado Unidos.

Green entró por la puerta verde de hierro, notablemente oxidada por el paso del tiempo. Avanzó durante largo rato a través de los pequeños caminos de aquel pulmón verde ubicado en pleno centro de la ciudad.

- Disculpe, ¿es usted el director de este jardín botánico?

- No, soy uno de los ayudantes.

- ¿Se encuentra aquí? ¿podría hablar con él un momento? Soy el detective Green – añadió mostrándole su identificación.

- ¡Lo hubiera dicho antes! Vamos, sígame.

- Norris, pregunta por usted un detective – dijo el ayudante al abrir la puerta.

- ¿A qué espera? Hágalo pasar, no le haga perder más su tiempo.

- Buenos días – dijo Green.

- Hola, tome asiento, enseguida le atiendo – dijo el director ordenando unos impresos que tenía sobre el escritorio.

- ¿Sabría decirme de qué especie se trata esta hoja? – preguntó el detective depositando sobre la mesa la muestra recogida en la mansión.

- Es de conífera, de pino. Si nos fijamos, emite tres acículas por cada vaina. Se trata una especie endémica de las Islas Canarias, concretamente de La Palma, El Hierro, Tenerife y

Gran Canaria, además, procede del Cuaternario. El pino canario es el único del mundo que posee tres acículas, así que esta hoja que usted me muestra es se allí, sin duda. Otra de las características es su resistencia al fuego. Ya, más allá de lo que le he dicho no alcanzan mis conocimientos – dijo el director.

- Bueno, gracias – dijo Green consternado al no saber cómo interpretar ese dato en la investigación.

Grcen volvió a coger un taxi para regresar a la mansión. No podía dejar de pensar en la información que acababa de recibir pero no sabía como encajaba en el puzzle de la investigación.

- Hola Violette, ya estoy de vuelta – dijo Green saludando cordialmente.

- Hola.

- ¿Qué? ¿Ya vino a detener al asesino? – preguntó McArthur con un tono burlesco.

- No, no fueron fructíferas mis pesquisas – contestó Green decepcionado.

- Entonces, venid todos al salón, ya sé quién fue...- dijo McArthur.

- Perdone, compañero, antes de que comience me gustaría preguntar algo. ¿Por casualidad ha estado alguien recientemente en Canarias, en España? – preguntó inquisitivamente Green.

Todos se miraron extrañados y lo negaron.

- ¡Ah! Rodríguez, usted sí. Estuvo hace un mes cuando fue de visita a La Palma a ver a sus compañeros de la brigada de infantería – dijo Bob al recordar la conversación que tuvo con el mayordomo en la que le confesó que había servido a los Estados Unidos y que lo derivaron unos años a una misión en La Palma.

- Dígame Rodríguez, tengo entendido que las Islas Canarias son famosas por sus bellas costas y su ambiente natural, sobre todo destaca un árbol:

el pino. Por casualidad, ¿había pinos en las inmediaciones del cuartel donde estuvo? – preguntó Green contento.

- Sí, estaba rodeado de pinos endémicos – contestó Rodríguez sin entender muy bien por qué el detective estaba hablando de todo eso ahora mismo.

- ¡Aquí tenemos al culpable! – exclamó el detective explicando a los presentes que encontró en el césped, al lado del cuerpo de Dunkan, una hoja que resultó ser de pino canario.

- ¡Usted! Pero, ¿cómo ha podido matar a mi tío? – dijo Brandon casi sin poder hablar.

- Es un usted un cínico, ha estado todo este tiempo con nosotros disimulando cuándo sabía perfectamente lo que había pasado – dijo Violette notablemente alterada.

- Confiéselo, Rodríguez. No tiene escapatoria. En unos instantes llegará la policía y será detenido – dijo Green.

-      Yo... es cierto. Yo lo hice. Hace unos meses, ordenando el despacho del señor, encontré su testamento. Sé que no debí haberlo leído, pero no aguanté la tentación y lo hice. Me di cuenta de que no nos había dejado nada, ni a mi ni al resto del servicio, simplemente unas cartas de recomendación. ¡Toda una vida sirviéndole y no me había dejado nada! Enfurecí y desde ese entonces me prometí a mi mismo que acabaría con él. Aproveché la noche de la fiesta. De madrugada fui a llamar a Dunkan y le dije que me había parecido ver a alguien merodeando por el patio. Le propuse que fuéramos a echar un vistazo y cuando estaba desprevenido lo agarré con fuerza y lo tiré al suelo, con la misma chaqueta que tenía puesta, que había comprado en La Palma, lo asfixié. Pensé que así no dejaría rastros y no me descubrirían, pero debe ser que por casualidad una hoja de pino se introdujo en uno de los bolsillos y cayó mientras forcejeaba con él.

-   Hasta luego – dijo Green victorioso, dejando a todos boquiabiertos.